Hans Henry Harders

Der kluge Rabe Roderich

Hans Henry Harders

Der kluge Rabe Roderich

53 Fabeln

Agentur des Rauhen Hauses Hamburg

Satz: Gestaltung + Verlags-Service GmbH, Rosengarten
Schrift: Bernhard Modern
Lithos: connected 2000 GmbH, Hamburg
Druck: Clausen & Bosse GmbH
Der Umwelt zuliebe gedruckt
auf chlorfrei gebleichtem Papier
Die Schreibweise entspricht den Regeln
der neuen Rechtschreibung
ISBN 3 7600 1305-8
Best.-Nr. 1 1305-8

Für Janna und Neele

Inhaltsverzeichnis

Wenn Tiere sprechen

Von der Kraft der Fabel

Die Fabel ist eine Urform der Dichtkunst. Zwar scheint die Linie ihrer Herkunft von Äsop – dem Helden einer frühgriechischen volkstümlichen Erzählung (um das 6. Jhd. v. Chr.) – bis zu Martin Luther und La Fontaine zu verlaufen; aber längst weiß man, dass die Fabeln überall zu Hause sind: bei den Sumerern, bei den Indern, bei den Arabern, ja, fast alle Völker haben eine Überlieferung von Tiergeschichten.

Unter dem Begriff Fabel versteht man eine Erzählung in Vers- oder Prosadichtung, die den Naturwesen, insbesondere den Tieren, Vernunft und Sprache verleiht. Lebenserfahrungen ins Wort zu bringen, ist das Bedürfnis aller, die dichtend mit Sprache umgehen. Übertragen wird dabei die Sprache auf die Tiere, und so kommt es, dass sich Hunde und Löwen, Wölfe und Lämmer, Adler und Schmetterlinge über das unterhalten, was sie den Kindern und den Frauen und Männern abgeguckt haben. An dem, worüber diese Tiere miteinander streiten und miteinander einig werden – daran erkennen wir mit vergnüglichem Schmunzeln immer wieder uns selbst.

In einem Vorwort schreibt der Autor, der die Fabeln auch illustrierte, unter anderem:

„Im übrigen ist die Fabel die ehrlichste und anständigste Form der Darstellung des Verhältnisses zwischen Mensch und Tier, denn manche Tiere sind zu Schimpfwörtern erniedrigt, andere in bildlichen Redensarten diffamiert worden. Das Ziel der Fabel ist, zur Selbsterkenntnis zu führen. Davon ist der Mensch leider noch weit entfernt und macht dafür lieber den Kronzeugen der Verteidigung, den Sündenbock, das bedauernswerteste Tier, verantwortlich. Sollte sich beim Leser eine fabelhafte Übereinstimmung zwischen Tier und Mensch ergeben, so ist das durchaus vom Autor beabsichtigt.“

Der kluge Hahn

Zu einem Hahn sprach einst ein Knabe:
„Du krähst ein Stündchen stets zu früh!
Wart, bis ich ausgeschlafen habe,
mit deinem Kikerikiki!"

Die Antwort, die der Hahn erwählt,
war wirklich gut erdacht:
„Die Stunde, die dir morgens fehlt,
stiehlst abends du der Nacht!"

Der Knabe sprach: „Ich bin kein Dieb
und will auch keiner sein;
ich bitt' dich, lieber Hahn, vergib –
heut schlaf ich zeitig ein!"

Der kluge Rabe Roderich
belobte ihn und sprach:
„Das macht dir morgen hoffentlich
manch andrer Knabe nach!"

Die Birke

Ein Knabe, der stets trotzig war,
stieß eine Birke mit den Füßen –
„Du bist ein böser Baum fürwahr,
und das sollst du jetzt büßen!“

Die Birke flehte: „Halte ein!
Siehst du nicht, dass ich blute?“
Da rief der Knabe störrisch: „Nein,
ich denk nur an die Rute!“

Die Birke rief den Wind herbei
und bat ihn, sie zu schwenken,
denn dieser kleine Trotzkopf sei
mit Hieben zu bedenken.

„Ätsch!“ – spottete der Knabe prompt,
„du kannst ja nicht vom Fleck!
Eh’ dir der Wind zu Hilfe kommt,
bin ich schon längst hier weg –“

Kaum kam der kleine trotz’ge Mann,
mit Birkensaft beschmutzt,
im Haus bei seiner Mutter an,
da sah er ganz verdutzt –

Die Birke war schon vor ihm da
in der Gestalt der Rute!
Ihr könnt euch denken, was geschah,
und wie ihm da zumute.

Dem klugen Raben Roderich
gab er das ehrliche Versprechen:
„Ich werde nie und nimmer mich
an Bäumen wieder rächen!“

Der Knabe und die Schnecke

„Warum müßt ihr kleinen Schnecken
euch gleich in dem Haus verstecken,
das ihr auf dem Rücken führt?“

„Weil wir in dem Häuschen drinnen
uns ein Weilchen erst besinnen,
warum du uns angerührt!“

„Lieber Knabe“,
sprach der Rabe,
„sei nun länger nicht gekränkt,
schau! Sie will dich schon begrüßen –
lass sie nun nicht dafür büßen,
weil sie Gutes von dir denkt!“

Das ängstliche Kätzchen

„Kätzchen, sprich, was fällt dir ein!
Du wirst doch nicht kratzen?
Sollt das Sprichwort Wahrheit sein:
Falsch sind alle Katzen?“

Spricht das Kätzchen: „Wenn du bangst,
schenk ich dir Erbarmen;
doch ermiss auch meine Angst,
hier in deinen Armen!“

Sprach der Rabe Roderich:
„Besser ist's zu glauben,
als aus falschem Argwohn sich
selbst den Frieden rauben!“

Der eitle Kuckuck

Ein Kuckuck rief sich selbst beim Namen,
den ganzen Tag nur immer sich;
zwei Kinder, die vorüberkamen,
die fragten: „Warum rufst du dich?"

Der Kuckuck sprach: „Ich will auf Erden,
weit über Land und Meere hin,
in Zukunft noch berühmter werden,
als ich es jetzt schon bin.
Berühmt kann sich nur einer nennen,
dess' Namen hier in Stadt und Land
viel hunderttausend Menschen kennen,
ja, der den Kindern schon bekannt!
Damit mich alle Leute hören,
die hier am Weg vorübergehn,
müsst ihr mich nun nicht länger stören
und meinem Ruhm im Wege stehn!"

Der kluge Rabe Roderich
sprach: „Lernt vom heut'gen Wandern:
Die Eitelkeit spricht stets von sich,
der Ruhm spricht stets von andern!"

Die Menschen und die Sonne

„Die Biene sticht, um sich zu wehren,
die Mücke, um sich zu ernähren,
allein, warum die Sonne sticht,
begreif ich all mein Lebtag nicht!"

So sprach ein Mann zu einem zweiten,
doch dieser fing gleich an zu streiten –
er sah hinauf zum Firmament
und sagte streng: „Die Sonne brennt!"

Da kam aus einem Nachbarhaus
ein krankes Mädchen grad heraus,
es war so bleich und abgehärmt
und sprach: „Wie gut die Sonne wärmt!"

Ein Vierter, der des Weges kam
und der das Leben sachlich nahm,
hat zu dem Streite nur gemeint:
„Ihr übertreibt, die Sonne scheint!"

Der kluge Rabe Roderich
sprach: „Sonne, jetzt entscheide dich!"
Die Sonne hat sich nicht bedacht,
sie hat den ganzen Tag gelacht!

Die beiden Hähne

Es sprach ein Hahn, den Blick erhoben:
„Ihr Hühner kommt und seht,
wie sich der alte Turmhahn droben
stets nach dem Winde dreht!

Den nenne ich charakterlos,
der sich nach andern richtet;
nein, lieber hätt ich, arm und bloß,
auf's hohe Amt verzichtet!

Doch was ist das? Er zeigt nach Westen.
Das sieht nach Regen aus!
Ihr Hühner kommt! Es ist am besten,
wir laufen rasch ins Bauernhaus!"

Der Knabe und der Löwenzahn

Ein Knabe, der im Wiesengras
inmitten bunter Blumen saß,
verspottete den Löwenzahn,
der niemandem ein Leid getan.

Der Knabe spöttelte gar laut:
„Wie kann ein harmlos kleines Kraut
wie du, so schrecklich heißen?
Du kannst ja nicht mal beißen!
Dir fehlt des Löwen stolze Mähne,
dir fehlen seine scharfen Zähne –
um dich damit zu wehren,
wenn meine dich verzehren!"

Der Knabe hat auch unbedacht
flugs seine Drohung wahr gemacht,
er hat ein Blatt zerrissen
und dann hineingebissen.
Er sprang jedoch sogleich darauf
vor Schmerzen aus dem Grase auf
und rief voll Zorn und Scham ergrimmt:
„Ich glaube gar, der Name stimmt!"

Der kluge Rabe Roderich
sprach: „Fehlt dir was, mein Junge?"
Der Knabe sagte weinerlich:
„Das böse Kraut wehrt kräftig sich
und beißt mich in die Zunge!"

Der Ginster und der Roggenhalm

Ein Roggenhalm, ein eitler Gauch,
sah hochmutsvoll zur Erden
und sprach zu einem Ginsterstrauch:
„Was soll aus dir nur werden?
Wie peinlich, dass wir Nachbarn sind!
Wozu bist du denn nutze?
Ich glaube gar, als Besen find'
ich später dich im Schmutze!"

Das war im Feld gewesen;
im Stall traf man sich neu –
der Ginster war ein Besen,
der Halm war – Schweinestreu!

Der Rabe sprach nach kurzer Zeit:
„Wer hätte das gedacht,
wie rasch doch die Gerechtigkeit
aus Glauben Wahrheit macht!"

Der Wolf und der Fuchs

Als Wolf und Fuchs sich morgens trafen,
da sprach der Fuchs: „Wie geht's Euer Gnaden?"
„Ich bin bei meinen Freunden, den Schafen,"
entgegnet' der Wolf, „zu Tische geladen!"

Den Fuchs verdross dies heuchelnd Geschwafel,
er stimmte die Leier auf gleichen Ton:
„Mich luden Hahn und Henne zur Tafel,
ich spute mich, denn sie warten schon!"

Sie trafen sich am Abend wieder,
mit eingefall'nen, magern Weichen;
ein Knüttelwurf an ihre Glieder
ließ sie jetzt hinkend heimwärts schleichen.

Der kluge Rabe Roderich
erinnerte der Tonart sich,
in der sie morgens noch gepredigt;
„Mein Zweifeln", sprach er, „ist erledigt,
dass ihr heut mit der Wahrheit spartet –
ich seh's, man hat euch doch erwartet!"

Der Dichter und die Henne

Eine Henne hatte wacker
morgens früh ihr Ei gelegt –
aber dann durch ihr Gegacker
eines Dichters Zorn erregt:

„Störe mich nicht stets beim Schreiben!"
rief der aufgebrachte Mann
durch die off'nen Fensterscheiben
jene Henne zürnend an.

„Um die Eier nicht zu missen,
hat mein Kind dir Korn gestreut,
doch ich möchte gern auch wissen,
was man dir für's Gackern beut?!"

Danach hat er wieder fleißig
seine Feder eingetunkt,
und auf Seite hundertdreißig
machte er den letzten Punkt.

Weil sein Werk ihm gut gelungen,
sang der Dichter frohe Lieder –
und als er nun ausgesungen,
sah er auf den Hofplatz nieder.

Von dort unten rief die Henne:
„Lieber Dichter, wenn's beliebt,
dann sei ehrlich und bekenne,
was man dir für's Singen gibt!"

Was der Rabe nun erblickt',
war ihm neu und ungewöhnlich,
denn der Dichter, tief gebückt,
fütterte das Huhn persönlich!

Die beiden Elefanten

Es stand im fernen Inderland
gefesselt einst ein Elefant,
der rief in's Dickicht laut hinein:
„Helft, Kameraden, uns befrei'n!
Kommt zu uns in Gefangenschaft,
damit wir mit vereinter Kraft
den Weg zur Freiheit uns erkämpfen
und uns'rer Wächter Hochmut dämpfen!"

Ein alter, freier Elefant,
der grade in der Nähe stand,
hielt sich im dichten Laub verborgen
und sprach: „Wir teilen eure Sorgen;
auch sind wir gern dazu erbötig,
mit euch vereint den Kampf zu führen,
doch halten wir es nicht für nötig,
die Freiheit vorher zu verlieren!"

Der kluge Rabe Roderich
saß auf dem Ast und sagte sich:
„Der erste Elefant sprach klug,
der zweite weisheitsvoll –
ihr Schicksal zeigt uns klar genug,
wonach man streben soll!"

Der überschlaue Fuchs

Ein alter Fuchs rief einstmals schlau
sich die drei Söhne in den Bau
und sprach zu ihnen voller List:
„Weil bald die Zeit der Wahrheit ist,
gilt es schon heute vorzusorgen
für's ungewisse Übermorgen.
Ich habe in vergangner Nacht
mir Folgendes nun ausgedacht:
Wir treten – ohn' uns zu entzweien –
in vier verschiedene Parteien,
und wess' Partei den Sieg erstritt,
der sorgt dann für die andern mit,
so können selbst im Unterliegen
wir durch den andern doch noch siegen.
Wir brauchen stehlen nicht und rauben,
denn Hühner, Gänse, Enten, Tauben
bescheret uns, bei Schlaf und Schlummer,
die Allmacht der Parteibuchnummer!
Mein Segenswunsch wird euch geleiten;
nun schreibt euch ein – und das beizeiten!
Gedacht – getan. Doch was geschah?
Als er das Wahlergebnis sah,
ließ Vater Fuchs die Felle schwimmen ...
der absoluten Mehrheit Stimmen
entschieden sich für *die* Partei,
die zwar nicht ganz von Füchsen frei,
doch solcher Spekulanten bar
wie Vater Fuchs und Sohnesschar.

Der kluge Rabe Roderich
sprach höchst ironisch: „Tröste dich!
Wer kann denn so viel Söhne segnen,
um jedem Fehlschlag zu begegnen!"

Der Affe und der Papagei

Es stritten sich in einem Zoo
der Stadtgemeinde Irgendwo
ein Affe und ein Papagei,
wer von den beiden klüger sei!

Sie kamen endlich überein:
„Der Mensch soll unser Vorbild sein;
wer ihn an Sprache und Gebärden
am meisten gleicht, soll Sieger werden!“

Den Igel hatte man gebeten,
das Amt des Richters zu vertreten;
als Kampfpreis wurde ganz zuletzt
noch eine Erdnuss ausgesetzt.

Ein Mensch kam näher; er hielt inne –
die Tiere schärften ihre Sinne ...
doch tat er nichts. Er sprach kein Wort.
Er sah sie an. Dann ging er fort.
Die Tiere guckten erst den Mann
und dann – enttäuscht – einander an.

Der Igel sprach: „Mein Amt ist um;
Mein Urteil? – Ihr seid beide dumm!
Mir wär', wie's euch der Mann dort lehrt,

sonst euer Rücken zugekehrt.
Beeilt euch damit nun geschwinde,
dass ich ein bessres Urteil finde!“

Man sah die beiden rasch sich wenden;
der Igel griff mit beiden Händen
flugs nach der Nuss, entwich und lachte:
„Ihr seid noch dümmer, als ich dachte!“
Dann spreizte er die Stachelrobe,
er zweifelte, dass man ihn lobe.

Der kluge Rabe Roderich
sprach: „Wenn sich Streit erhebt,
dann hüte vor dem Richter dich,
der von dem Streite lebt!“

Das Spinnennetz

„Brüderchen!“ – rief einst ein Mädchen,
„sieh dir nur die Spinne an,
wie sie aus den Silberfädchen
klug ein Netz sich stricken kann!“

Doch der Bruder sagte protzig:
„Ich bin klüger als dies Tier!“ –
„Brüderchen, du bist nur trotzig!“ –
„Schwesterchen, ich zeig es dir!
Denn was Dumme erst in Stunden
mühevoll errichten,
können Kluge in Sekunden
mühelos vernichten!“

Seine „Klugheit“ zu beweisen,
hat er rasch das Netz zerstört,
glaubte gar, man würd' ihn preisen!
Doch die Schwester schwieg empört.
Als sie auf dem Heimweg waren,
hat sie auch kein Wort gesprochen,
obgleich Mücken nun in Scharen
arg das Brüderchen gestochen.

Nur der Rabe Roderich
sprach: „Ihr lieben Kinder,
denkt bei jedem Mückenstich
an den kleinen Sünder!
Hätte er mit trotz'gem Sinne
sich nicht dumm benommen,
wären in dem Netz der Spinne
alle Mücken umgekommen!“

Der Knabe und die Vögel

Der Vater fragte: „Liebes Kläuschen,
hast du den armen Vögeln heut'
in ihr verschneites Futterhäuschen
auch Körner hingestreut?"

Zwar hat das Kläuschen „Ja" gesagt,
doch war das glatt gelogen,
weil vor dem Fenster ganz verzagt,
die Vögel hungrig flogen!

Der Vater sah die Vögel an
und hat kein Wort gesprochen;
die Strafe kam für Kläuschen dann
erst in den Sommerwochen.

Da musste er im Garten steh'n,
mit krumm gebeugtem Rücken
und musste nach den Raupen sehn
mit nimmermüdem Bücken.

Der Vater sprach: „Die Vögel haben
die Arbeit sonst uns abgenommen,
doch haben sie von manchem Knaben
im Winter wohl kein Korn bekommen.

Da haben sie in Eis und Schnee
den Lebensmut verloren
und sind wie Hase, Hirsch und Reh,
verhungert und erfroren."

Kläuschen schlug die Augen nieder;
„Ich will meine Tat bereuen“,
sprach er, „und im Winter wieder
stets und pünktlich Futter streuen!“

Weil er das aus Mitleid sprach
und vergesslich nur gewesen,
half der Rabe ihm hernach,
fleißig Raupen aufzulesen.

Das trotzige Kälbchen

Ein Kälbchen klagte einst der Kuh:
„Ich will ein Hörnerpaar wie du
an meiner Stirne tragen!“

Die Kuh sprach tröstend: „Warte doch!
Ein kurzes Jahr nur dauert's noch.
Dann brauchst du nicht mehr klagen!“

Das Kälbchen rief voll Eigensinn:
„So lange, bis ich älter bin,
will ich nicht stehn und warten!“

Das Kälbchen ist drauf zornentbrannt
der Mutter Kuh davongerannt
bis zu des Hauses Garten.

Dort hielt des trotz'gen Kälbchens Lauf
ein alter Zaunpfahl schmerzlich auf –
ein Wunder war geschehen!

Dem Kälbchen wuchs am Kopfe vorn
ein herrlich schönes großes Horn,
das konnte jeder sehen.

Der kluge Rabe riet ihm nun,
dasselbe noch einmal zu tun:
„Lauf doch erneut dagegen!"

Dem Kälbchen war – wie sonderbar –
jedoch an einem Hörnerpaar
jetzt gar nichts mehr gelegen!

Das Kind und das Bäumchen

Ein Bäumchen wiegte sich im Winde
beseligt her und hin –
es sagte zu dem Gärtnerkinde:
„Schau, wie ich glücklich bin!"

Der Gärtner kam den Steig gegangen
mit Bindebast und Stecken;
das Bäumchen rief: „Wir spielen fangen,
der Wind kann lustig necken!"

„Zu Ende ist nun Spiel und Spaß",
sprach da der Gärtnersmann,

„der Wind kann leider sonst noch was,
drum binde ich dich an!"

„Auch mir verdirbt der Vater oft
die Lust an schönen Dingen!"
so rief das Kind, und unverhofft
war's Bäumchen frei von Schlingen.

Am andern Morgen kam bedrückt
das Kind ins Haus geschlichen;
das Bäumchen lag vom Sturm geknickt,
der danach rasch entwichen.

Der Vater hat kein Wort verschwendet,
er grub die Wurzel aus –
wozu den Stecken er verwendet?
Das hörte man im Haus ...

Der Rabe dachte lange nach,
was mit dem Stock geschehen;
doch als das Kind ihn dann zerbrach,
da schien er's zu verstehen.

Der geizige Hamster

Dem feisten Hamster rief man zu:
„Die Tiere hungern, gib auch du!“
Der Hamster schloss die Türen dicht,
ihn rührten diese Bitten nicht.

Ein kranker Hase pochte an;
glaubt ihr, es ward ihm aufgetan?
Der Hamster schloss die Luken dicht,
ihn rührten diese Klagen nicht.

„Sag, willst du mich verhungern lassen
und selbst in deinem Reichtum prassen?“
Der Hamster schloss die Lippen dicht,
ihn rührte diese Frage nicht.

„Gib rasch, sonst sterb ich auf der Stelle,
dann steht der Tod vor deiner Schwelle!“
Der Hamster schloss die Ohren dicht,
ihn rührte diese Warnung nicht.

Ein Schloss kann wohl vor Dieben schützen,
doch gegen Krankheit gar nichts nützen.
Der Hamster schloss die Augen dicht;
er starb. – Und das rührt uns nun nicht!

Der Rabe sprach:
„Barmherzigkeit
verlängert oft die
Lebenszeit,
bei denen, die darum
verlegen,
doch auch bei denen,
die sie pflegen!“

Der Pfau und der Fuchs

Auf einem Hofe trug ein Pfau
sein prunkend Federkleid zur Schau;
er rief dabei: „Ihr lieben Hühner,
seid Untertanen mir und Diener.
Die Krone hier auf meinem Kopf
ist mehr als nur ein Federschopf!
An ihr erkennt wohl jedermann,
dass ich mich ‚König' nennen kann –
ja, ich bekenne mit Verdruss,
dass ich mich ‚König' nennen muss!!
Denn Dingen, die Natur verliehen,
darf man die Wirkung nicht entziehen ..."

Ein Fuchs, der in dem Nachbarhag
geduldig auf der Lauer lag,
sprang auf den bass erschreckten Pfau
und sprach: „Wie hast du doch genau
mit deinen Worten das getroffen,
was meine Zähne sich erhoffen!
Wie gerne wollt ich mich bemüh'n,
sie ihrer Wirkung zu entzieh'n!
Jetzt müssen sie, nach deinem Willen,
ja leider ihre Pflicht erfüllen!"

Des „Königs" Weg zu seinen Ahnen
begleiteten zwei Untertanen ...

Der kluge Rabe Roderich
sprach zu dem Fuchsen: „Königlich
habt ihr den Pfau bestattet –
bedenklich wird erst das Erlebnis
dadurch, dass ihr als Erbbegräbnis
den Bauch gewählet hattet!"

Die Biene und der Ochse

Ochs und Biene lebten beide
von dem Klee der fetten Weide,
bis dann eines Tags die Biene
mit verächtlich stolzer Miene
zu dem Ochsen sprach:
„Grade denk ich drüber nach,
warum den Klee, der mir gespendet,
Natur zugleich an dich verschwendet!
Denn ich verwandle ihn daheim
in kostbar edlen Honigseim –
doch du verwandelst, was du frisst,
in lauter stinkig üblen Mist!“
Der Ochse stand zunächst beschämt –
dann hat er sich zu Tod gegrämt.

Es wurde zwar im nächsten Jahr
der Biene kund und offenbar,

doch leider, leider viel zu spät,
dass sie den Ochsen dumm geschmäht.
Sie musste tausendfach jetzt fliegen,
um gleicher Arbeit zu genügen,
denn rings umher, in Wies und Feld,
war's um die Blüte schlecht bestellt;
es fehlte eben überall
der Haufen Dung vom Ochsenstall!

Die Biene sprach darauf zum Raben:
„Darf ich dich mal um Rat bemüh'n?
Du sollst 'nen Topf voll Honig haben,
wenn Feld und Flur wie früher blühn!"
Und als der Rabe gar nichts sagte,
hat sie ihm ärger zugesetzt,
bis sie ihn schließlich offen fragte:
„Willst du den Honig lieber jetzt?"
Ob sie den Honig holen sollte? –

Der Rabe sagte listig. „Nein!
Wenn ich den Zustand ändern wollte,
dann müsste ich ein Ochse sein ..."

Die Frösche und die Vögel

Von einem großen Buchenhauf'
stand nur ein kleiner Rest;
die Frösche spielten lustig auf
und sangen bei dem Fest:
„Wo gestern Wald gewesen ist,
steht heut schon Stumpf an Stumpf
und über eine kleine Frist
ist alles lauter Sumpf!"

Die Vögel klagten sich ihr Leid
im grünen Laubgeäst:
„Ach, über eine kleine Zeit
schlägt man auch noch den Rest.
Nun ist das warme Nest bedroht,
das sorgsam wir gehegt –
wir wünschen gleiche Wohnungsnot,
dem, der die Bäume schlägt!“

Den Fröschen und der Vogelschar
erfüllte Gott die Bitten –
ein Mann, der ohne Wohnung war,
kam über's Feld geschritten;
er zeichnete die Bäume an,
die er sich schlagen sollte,
aus deren Stämmen er sich dann
ein Haus erbauen wollte.

Die Frösche waren froh gestimmt,
die Vögel blass verweint;
„Wir haben“, riefen sie ergrimmt,
„es nicht so bös gemeint!“
Der kluge Rabe Roderich
sprach: „Böse Wünsche rächen sich;
den Mann, der jetzt die Bäume fällt,
hat euer Wunsch hierher bestellt!“

Der Diener der Tiere

Im „Wettbewerb der Wohnungsstätte“
sah man dem Ende schon entgegen,
die Tiere bauten um die Wette
an Nestern, Höhlen und Gelegen.

Gerecht erschien es jedermann,
den Preis der Schnecke zuzuwenden,
doch kam die Maus als Letzte dran,
Beweise ihrer Kunst zu spenden.

„Wieso denn ich?“ rief diese aus,
„ich kam nur her, um zuzuschauen;
ich baue doch nicht selbst mein Haus!
Das müssen Menschen für mich bauen.“

Einmütig rief die Tiergemeinde:
„Die Lügnerin will uns verhöhnen!“
Die Maus sah um sich lauter Feinde ...
Jetzt galt es zu versöhnen!

„Ihr haltet über mich Gericht
und sprecht von Hohn und Lügen –

ihr Kräh'n und Möwen! Lasst ihr nicht
den Menschen für euch pflügen?"

Sie sprachen stolz: „So will's der Brauch!"
Und hatten so bekräftigt,
dass sie in gleicher Weise auch
den Menschen schon beschäftigt.

Ihr Zeugnis war von großem Wert,
man sah zufried'ne Mienen,
und manches Tier hat aufbegehrt:
„Er soll uns auch bedienen!"

Beim Schlusswort von Freund Roderich
verschwanden alle still ...
Er sprach: „Dort zeigt ein Jäger sich,
der manchen von uns sicherlich
mit Blei bedienen will!"

Der Storch und die Schlange

Ein Storch sah einstens eine Schlange
am Waldrand in der Sonne liegen,
und er besann sich auch nicht lange,
auf diese Beute zuzufliegen.

Die Schlange aber war nicht dumm,
sie wand sich unverdrossen
um seinen Schnabel rasch herum
und hielt ihn so geschlossen.

Dann rief sie prahlend mit Geschrei:
„Hier gibt es was zu sehen!
Ihr Frösche, eilt getrost herbei,
euch kann nichts mehr geschehen!"

Die Frösche kamen aus dem Teich
aufs Land in großen Scharen,
denn das sah auch der dümmste gleich,
dass beide wehrlos waren.

Der Storch hat ihren Wahn gestärkt,
er murmelte: „Ich bin gebändigt!“
Doch hatten beide, unbemerkt,
inzwischen sich verständigt.

Sie blinzelten einander zu –
schon waren unverweilt:
„Den Fetten ich, den Dicken du ...“,
die Opfer auch verteilt.
Der Storch verspeiste mit Genuss,
was durch die Schlange ihm beschert;
als Nachtisch hat er dann zum Schluss –
die Schlange selbst verzehrt!

Der Rabe sprach gedankenvoll:
„Ihr Frösche könnt draus lernen,
auch von erzürnten Feinden soll
man lieber sich entfernen!
Ihr Schlangen aber seht wohl ein
und lernt aus dem Geschehen:
Ein Starker wird es nie verzeih'n,
dass man ihn schwach gesehen!“

Der Kiebitz

Ein Hund, der schon vor Tagen,
weil ihn sein Herr geschlagen,
sich von der Kette losgerissen,
durchstrolchte nun nach einem Bissen
die Moore, Koppeln und die Felder,
die Heiden, Triften und die Wälder;
doch karg war ihm der Tisch gedeckt,
denn alles Wild floh jäh erschreckt.

Als er an einem Nachmittag
nun hungrig in dem Graben lag,
der eine Wiese rings umzog,
sah er 'nen Kiebitz; dieser flog
und spielte rege
um sein gefülltes Brutgelege.

Der Hund sprang auf und eilte schnelle
zu jener eingeprägten Stelle,
an der das volle Nest er glaubte;
jedoch das Tun des Vogels raubte
ihm unterwegs die Sicherheit –
denn dieser flog nach rechts zur Seit'
und trieb erneut die Gauklerspäße,
als ob er dort ein Nest besäße.

Der Hund lief blindlings an ein Ziel,
sooft dem Kiebitz es gefiel.
Er stöberte wohl kreuz und quer
noch stundenlang durch's Gräsermeer,
fand weder Ei, noch Brut, noch Nest
und stellte stets von neuem fest:
„Der Kiebitz stecket voller List,

wenn du ihm nah gekommen bist,
dann gaukelt er mit viel Geschrei
dich am bedrohten Nest vorbei!“

Der kluge Rabe Roderich
ergänzte darauf still für sich:
„Ich nehme die Gedankenbrut
in gleiche wohlumsorgte Hut;
dem Kiebitz Lob und Dank gebührt –
er lehrt uns, wie man irreführt!“

Der Pudel

Ein Pudel, der, verwunderlich,
aus seinem Käfig erst entwich,
nachdem ihn fremde Hand befreite,
sprang rasch auf einen Stein zur Seite,
als ihm auf seinem Wanderpfad
ein Hundepaar den Weg vertrat,
das ihm sogleich die Frage stellte:
Warum er weder biss noch bellte,
als man ihn zwang zu paradieren,
mit Ball und Besen zu hantieren –
als man in buntes Zeug ihn steckte

und ihn mit Flittertand bedeckte?
Er habe auch durch andre Taten
der freien Würde so verraten,
dass jeder fortan ohne Reue,
auf Hunde wie auf Sklaven speie!

Der Pudel tat nach kurzer Lüge
der Wahrheit doch soweit Genüge,
dass dieses alles zwar gescheh'n,
doch bei ganz anderm Licht zu sehn!
Er sei doch lediglich gezwungen
durch Ring und Reifen nur gesprungen;
ein arg geschund'ner Kettenhund,
der stopfte ihm sogleich den Mund:
„Das hast du trefflich eingefädelt!
Doch warum hat dein Schwanz gewedelt,
als man ein Stückchen Zuckerbrot
dir nach ‚erzwung'nem' Sprunge bot?"

Der kluge Rabe Roderich,
der wünschte für die Zukunft sich:
„Ach, könnt man doch bei jedem Wesen
so einfach den Charakter lesen!"

Das törichte Hühnchen

Ein Hühnchen sah zur Mittagszeit
mit schlecht verhehltem Futterneid,
dass neben ihm, ohn' Unterlass,
ein Huhn aus gleichem Troge fraß.

Das Hühnchen war noch etwas dumm
am ersten Sonnentage –
es sah sich nach der Mutter um,
dass die den Feind verjage.

Ein Sperling rief: „Was soll die Mutter?
Ich kann dich von dem Tier befrei'n,
für ein paar Körner Kükenfutter
frisst du in Zukunft stets allein!

Zwar kostet mich der Kampf sechs Stunden,
denn ich bin klein, das Tier ist groß,
doch bis zum Abend ist's verschwunden,
und dann bist du den Frechling los!"

Der Sperling tobte an der Seite
des Hühnchens immer hin und her ...
Und siehe da! Nach kurzem Streite
sah man vom Gegner gar nichts mehr.

Der Sperling strich die Grütze ein
und sah voll Dank nach oben,
das Hühnchen rief: „So fromm zu sein,
will ich mir stets geloben!"

Der kluge Rabe Roderich
sprach zu dem Sperling: „Spute dich!
Die Sonne kommt gleich wieder.“
Und als sie aus den Wolken kam,
da sah das Hühnchen voller Scham
auf seinen – Schatten nieder!

Der Wolf und die Hunde

Zwei große Hunde stritten sich
einst um ein Knochenstück.
Und keiner wankte, keiner wich
auch nur 'nen Schritt zurück.

Ihr Knurren, Kläffen und ihr Bellen
rief schließlich einen Wolf herbei;
der sprach, dass er in Zweifelsfällen,
wie diesem hier, gern Richter sei!

„Das Urteil ist gar leicht gefunden,
doch nur, wenn ihr mir sagen könnt,
ob nicht doch einer von euch Hunden
dem andern diesen Knochen gönnt!“

Die Hunde öffneten das Maul,
um laut und deutlich: „Nein!“ zu sagen,
der Knochen fiel – der Wolf nicht faul,
begann mit ihm davonzujagen.

Die Hunde heulten hinterdrein:
„Ach, unser schöner Knochen!“
Der Rabe sprach: „Was soll das Schrei'n?
Ihr habt zu lang von ‚Mein‘ und ‚Dein‘,
zu spät von ‚Uns‘ gesprochen!“

Die Spatzen und die Schule

Es badeten mit viel Geschrei
die Spatzen sich im Pfuhle;
nur einer war nicht mit dabei,
der sprach: „Ich muss zur Schule ...“

Die Spatzenmütter riefen nun:
„Im Lernen seid ihr schwach,
ihr andern solltet Gleiches tun –
fliegt auf und folgt ihm nach!“

Man sah darauf die Spatzenschar
ganz kleinlaut sich entfernen
nach dorthin, wo die Schule war,
um gleichfalls viel zu lernen.

Doch wie's so oft im Leben geht,
es trog auch hier der Schein –
es rief der Spatz: „Gespielen seht!
Wir treffen pünktlich ein!“

Die Spatzen fragten ihn nun kläglich:
„Ist denn das Lernen schwer?"
„Ich weiß nicht", rief er, „ich flieg täglich
ja nur zur Pause her!"

Der Rabe sprach: „Aus welchem Grunde –
das braucht er nicht zu sagen,
er kaut bereits mit vollem Munde
und stopft sich voll den Magen.
Doch wer, wie er, zur Schule eilt,
um nur zu essen und zu schwatzen,
dem sage ich hier unverweilt,
es geht ihm wie den Spatzen!
Die lassen durch den Sonnenschein
zum Nichtstun sich verlocken
und müssen dann noch dankbar sein
für kleine Krümelbrocken!"

Der lesende Affe

Ein Affe sah stets seinen Herrn
in dicken Büchern lesen;
er wäre auch, wie dieser, gern
gelehrt und klug gewesen.

Drum sah man in der Bücherei
ihn auf die höchsten Treppen klettern;
er schleppte Buch um Buch herbei,
um alle, alle durchzublättern.

Beim letzten aber sagte er:
„Jetzt ist's bestimmt genug,

ich machte es grad wie mein Herr
und bin wie er so klug!“

Der Rabe nahm ein Buch zur Hand
und sprach: „Nun gib Bericht!“
Worauf der Affe ihm gestand:
„Was drin steht, weiß ich nicht!“

Da rief der Rabe: „Dummer Tor!
Du bist nicht klüger als zuvor;
es nützt nichts, nur ins Buch zu sehn,
man muss auch, was man liest, verstehn!“

Der schuldbeladene Bär

Ein Bär wusch sich am Flussgestade
den Zottelpelz vom Blute frei;
er glaubte, dass er nach dem Bade
nun aller Sünden ledig sei.
Als er sein fleckenloses Kleid
zum Trocknen an die Sonne hielt,
da atmete er schuldbefreit,
denn der Beweis war – fortgespült!

„Was kann mir nun schon viel passieren!
Was wird mir denn schon groß gescheh'n!"
So prahlend sah mit andern Tieren
man ihn zu dem Gerichte gehn,
vor dem das Schaf mit blut'gen Wunden
und Würgemalen lautlos stand;
es dauerte nur knapp zwei Stunden,
bis sich der Bär am Galgen fand.

Der kluge Rabe Roderich
sprach: „Die Verbrecher irren sich,
die glauben, dass die Blutschuld man
wie einen Fleck entfernen kann!"

Der Rabe und der Löwe

Im Strom der Zeiten fanden Möwen
ein Buch, das voller Bilder war,
und eines stellte gar den Löwen
als garstigen Tyrannen dar.

Der Löwe sprach: „Es sind im Buche
Gehässigkeiten nur enthalten
von Menschen, die erst auf der Suche
nach Schund und Schmutz Talent entfalten."

Der Löwe dachte: Meine Schwächen
lernt mancher auch aus Büchern kennen ...
Drum rief er laut: „Es wär Verbrechen,
wollt man solch Machwerk nicht verbrennen!"

Ein Scheiterhaufen ward errichtet
aus harz'gem Kienholz alter Kiefern,
und jedes Tier ward streng verpflichtet,
gefund'ne Bücher abzuliefern.

Die Tiere kamen, um zu gaffen;
der Haufen wurde dann verbündet,
vom Löwen und dem Lieblingsaffen
höchst eigenhändig angezündet.

Die Tiere freuten sich am Schein;
sie sahn das Schauspiel voller Wonne
und wärmten sich Gehirn und Bein
an Flammenstoß und Gnadensonne.

Man forderte den Raben auf,
den Feuerstoß zu loben –
er saß auf eines Kirchturms Knauf,
man rief: „Was sieht man oben?"

Der kluge Rabe säumte nicht
und sprach mit bitt'rem Lachen:
„Man sieht – er wirft ein helles Licht
auf die, die ihn entfachen!"

Der Esel und das Vöglein

Ein Esel schleppte huckepack
zur Mühle einen schweren Sack;
da fragte ihn ein Vögelein:
„Darf ich dir nicht behilflich sein?
Ich kann den schweren Sack nicht tragen,
doch kann ich mindern Last und Plagen;
du musst nur deines Weges gehn
und nie dabei nach hinten sehn!"

Der Esel sprach: „Mit weiter nichts
erkauf ich Mind'rung des Gewichts?
Ja, dann erprobe deine Stärke,
ich bin gespannt, ob ich was merke!"
Bald war der Esel froh gelaunt
und rief verwundert und erstaunt:
„Es ist mir jetzt, bei meiner Ehr,
als sei der Sack nur halb so schwer!"

„Das ist er auch, du Dummerjan!"
fuhr man ihn auf der Mühle an,
„denn war der Sack nicht prall und rund?
Jetzt wiegt er nur noch fünfzig Pfund!"
Der Esel sah sich endlich um
und blieb vor Überraschung stumm –

das Vöglein hatte sehr geschickt
ein Löchlein in den Sack gepickt!

Auf einem Weg von tausend Schritten
war Korn bei Korn dem Sack entglitten ...
Das Vöglein auf dem Mühlenflügel
sah, wie allmählich Tal und Hügel
des Weges sich mit Vögeln füllten,

die ihren Hunger reichlich stillten.
Das Vöglein rief: „Ich danke schön!"
Der Esel nicht: „Auf Wiedersehn!"

Der kluge Rabe Roderich
bemerkte dazu nachdenklich:
„Wer einem andern blind vertraut,
merkt bald, dass er viel klarer schaut,
er braucht nicht erst zum Arzt zu gehn –
das kann man an dem Esel sehn!"

Das Eichhörnchen und die Feldmaus

Ein Eichhörnchen sah eine Maus
tief unter sich am Boden laufen;
sie lief zu ihrem Vorratshaus
und fügte eine Nuss zum Haufen
der andern Nüsse, die dort lagen.

Das Eichhörnchen sah mit Behagen
tagaus, tagein die Feldmaus eilen
und dachte sich in seinem Sinn:
Die soll im Winter mit mir teilen,
als Lohn, dass ich verschwiegen bin
und ihre Kammer nicht verriet!

Der Winter kommt; der Schnee bezieht
nun Busch und Baum mit weißen Decken –
wohl dem, der lang sich vorgesehn!
Das Eichhörnchen kann ohne Schrecken
der harten Zeit entgegengehn,
weil jetzt die Maus ans Teilen muss!

Die Feldmaus sprach: „Nicht eine Nuss
will ich dir für's Geheimnis geben;
bat ich dich um Verschwiegenheit?"

„Her mit dem Schatz, sonst kostet es dein Leben!“
So stieß die Feldmaus man beiseit,
sie war zu schwach zum Widerstand ...

Und was das Eichhörnchen nun fand?
Erstickte es des Hungers Qualen?
Nein, leider muss ich euch enttäuschen,
es rasselten nur leere Schalen ...
Und wer wird satt von Hohlgeräuschen!
Das Eichhorn sprang zur Tür hinaus
und suchte nach der falschen Maus –
doch diese saß schon längst beim Schmaus
in ihrem richt'gen Vorratshaus!

Der kluge Rabe Roderich
sprach zu dem Eichhorn: „Trolle dich!
Der Schwache kann sein Dasein fristen,
wenn er den Argwohn erst besiegt
und den Tyrannen dann mit Listen
in Sicherheit und Irrtum wiegt!“

Caro, der Lügner

Caro ist ein junges Hündchen
soll das Haus bewachen;
doch er denkt: Ich will ein Stündchen
erst ein Schläfchen machen.

Caro wird aus seinem Schlafe
durch den Ruf geweckt:
„Wo ist Caro? Er kriegt Strafe,
wenn er nicht den Dieb entdeckt!“

Caro will ein Weilchen lauern,
um zu prüfen, was geschehen,
und er sieht den Sohn des Bauern
zu dem Vater gehen.

Caro hört, wie Hänschen spricht:
„Ich verfolgte bei der Hitze
stundenlang den Bösewicht,
seht, wie ich vom Laufen schwitze!“

Caro denkt: Das sag ich auch!
Doch wie werd ich nass? ...
Schwupps! Da steht er bis zum Bauch
schon im Regenfass!

Caro kommt mit hast'gem Schnaufen
durch das Scheunentor
rasch zu seinem Herrn gelaufen
und lügt dreist ihm vor:

„Ich verfolgte bei der Hitze,
den, der alles hier gestohlen;
seht, wie ich vom Laufen schwitze!
Doch er war nicht einzuholen!“

Caro wundert sich, wie schnell
ihn sein Herr gleich „Lügner!“ schimpft
und ihm dann ins nasse Fell
mit dem Stock die Wahrheit impft!

Caro lässt sich stumm belehren:
„Hunde können gar nicht schwitzen,
nass ist nur ihr Fell in Ehren,
wenn sie selbst im Wasser sitzen!“

Danach hörte man den Raben
zu dem Urteil sich bekennen:
„Was wir hier gesehen haben,
kann man höchstens ‚Angstschweiß‘ nennen!“

Die beiden Ratten

Eine arme alte Ratte,
die Haus und Hof verloren hatte,
– dazu die ganze junge Brut –
kam bei der großen Wassersflut
nach langem Schwimmen an ein Land,

auf dem ein Rattenbau sich fand,
der Aussicht auf ein Stückchen Brot
und Unterkunft und Obdach bot.
Doch wollte die Bewohnerin
mit hartem, mitleidlosem Sinn
sich keineswegs dazu bequemen,
die Ratte bei sich aufzunehmen.
Mit Recht war diese sehr empört,
sie fand solch Treiben unerhört.
„Der Zufall", sprach sie, „hat gewollt,
dass ich als Bettler nahen sollt,
dir, der ich noch vor Tagen glich,
eh' Glück und Wohlstand von mir wich."
Drauf sprach die Hausbesitzerin
mit demutsvoll ergebnem Sinn:
„Eins merke dir, mein liebes Kind,
das Schicksal waltet niemals blind!
Ich halt des Schicksalsrades Lauf
nicht freventlich durch Gaben auf;

versuch drum nicht, mich zu erweichen,
ich falle ihm nicht in die Speichen!“

Der kluge Rabe Roderich
belehrte sie drauf handwerklich:
„Das Rad des Schicksals läuft noch schneller,
wenn etwas Butter aus dem Keller
ein mitleidvoller Gebermut
auf dieses Rades Achse tut!“

Der Esel und der Bauer

Ein Esel ging ins Bauernhaus
und bat, man mög ihn anders taufen,
er hielte es nicht länger aus,
als „Esel“ rumzulaufen!

Der Bauer sprach: „Wer ‚Esel‘ heißt,
der nehm' es ruhig hin;
ich heiße ‚Kaiser‘, das beweist
noch längst nicht, dass ich's bin.
Glaubst du, dass man mich je auf Erden

als ‚Kaiser' anerkennt?
Ich werde es auch niemals werden,
obgleich man mich so nennt."

Der Esel sprach darauf zum Bauern:
„Ich will als ‚Esel' wieder scheiden,
denn *du* bist hier ja zu bedauern,
und *ich* bin zu beneiden!
Wie bin ich doch von Herzen froh,
dass du mich so belehrt –
ich bin ein Esel, heiß auch so,
daran ist nichts verkehrt!"

Der kluge Rabe Roderich
rief ihm ein Wörtchen nach –
ihr ratet nun doch sicherlich,
was für ein Wort er sprach?

Der Löwe und der Geier

Ein Löwe, der gar alt und schwach,
zu einem Geier also sprach:
„Mir knurrt wie dir schon Darm und Magen,
lass uns ab heut gemeinsam jagen!
Allein wird es dir nie gelingen,
die großen Tiere zu bezwingen;
mit deinen Augen, meiner Stärke,
gehn wir gemeinsam jetzt zu Werke!"

Der Geier fragte: „Euer Gnaden,
wenn ich nachher zu Tisch geladen,
zeigt ihr euch dann erkenntlich?"
Der Löwe sagte: „Selbstverständlich!"

Nach dieser Antwort stieg darauf
der Geier zur Erkundung auf.

Der Löwe sah den Geier kreisen
und ging nun ebenfalls auf Reisen;
er folgte stets des Fluges Richtung ...
Sie führte ihn auf eine Lichtung,
auf der des Geiers Flügelschlag
wie naher Todesschatten lag.

Der Löwe schlug ein fettes Gnu,
der Geier sah derweilen zu;
er hoffte nach geraumer Weile,

dass nun der Löwe endlich teile –
er mahnte schließlich: „Majestät!
Hab ich die Beute nicht erspäht?
Die Augen sehen hungrig drein,
lasst mich des Mahls teilhaftig sein!
Erhab'ner Herrscher, seid gerecht!
Lohnt eure Großmut mich so schlecht?"

Der Löwe sah den Jagdkumpan
verächtlich von der Seite an
und sprach: „Wer mich des Geizes zeiht,
versteht nichts von Gerechtigkeit;
beteiligt war in diesem Falle

dein Schnabel nicht und nicht die Kralle –
den Augen will ich zugestehn,
sich an der Beute sattzusehn!“

Ergänzend sprach Freund Roderich:
„Nach Tische wandelt manches sich!
Vor Tisch erbet'ne Hilfeleistung
wirkt auf den Satten als Erdreistung –
drum werden Schwache auch zumeist
mit bloßen Worten abgespeist!“

Die Kamele

Beim Karawanenaufbruch war
ein Lärmen und ein Hasten,
es drängte der Kamele Schar
sich um die kleinsten Lasten.

Statt sich nun gleichfalls vorzusehen
und auch davonzulaufen,
blieb ein Kamel geduldig stehen
beim allergrößten Haufen.

Drum trug grad dieses Lastkamel
den schwersten Warenballen;
es ließ sogar, bei meiner Seel,
sich diese Last gefallen.

Es werden manche nun sich denken,
von denen, die die Fabel lesen:
Man soll uns die Erklärung schenken,
das Tier ist eben blind gewesen!

Das Tier war weder blind noch dumm,
wie die Kamele dachten,

und die zu Anfang auch darum
noch weidlich spottend lachten.

Doch nach der ersten kurzen Rast
war ihre Zunge wie gelähmt!
Denn manch ein Tier hat seiner Last
und eigner Dummheit sich geschämt.

Sie schalten selbst sich blind und dämlich
beim Anfang dieser Reise,
im schwersten Ballen steckte nämlich –
der Karawane Trank und Speise!

Nun riefen sie: „Wie ungerecht
sind doch verteilt die Lasten!"
Der Rabe sprach: „Wohlan, so rächt
euch doch fortan durch – fasten!"

Die Rosen und die Brennnesseln

Unter einem Rosenstock
keimte in des Jahres Lauf
nacheinander wohl ein Schock
windgesäter Nesseln auf.

Doch die Rosen riefen laut:
„Hebt euch weg und schert euch fort!

Ihr verschandelt, ekles Kraut,
den durch uns verschönten Ort!“

Eines Tages sah ein Kind
diese Rosen voll Entzücken,
und es wollte sich geschwind
eine Hand voll pflücken.

Als es mit den bloßen Beinen
durch die Nesseln schritt,
fing es plötzlich an zu weinen,
weil es Schmerzen litt.

„Ekles Kraut, dich muss man hassen!“
rief das Kind nun voll Erbosen;
eine Nessel sprach gelassen:
„Ja, das sagen auch die Rosen –“

„Ach, du liebe Nachbarin!“
schmollten diese ganz empört,
„du hast ganz gewiss vorhin
nur nicht richtig zugehört!

Habt ihr Nesseln nicht vernommen,
dass wir laut gerufen haben:
‚Edles Kraut, sei uns willkommen!‘
Nein? – So fraget doch den Raben!“

Dieser sprach: „Der Blüten Flor
kann die Augen wohl bestricken,
doch – ihr Lügner – nicht mein Ohr!
Drum, ihr Nesseln, wachst empor
und entzieht sie unsern Blicken!“

Die Weidenkätzchen

Hänschens Schwestern haben Sorgen,
bitten ihn, doch zu bedenken,
was man könnt der Mutter morgen
zum Geburtstag schenken!

Hänschen kannte nun ein Plätzchen,
wo ein Busch in Blüte stand,

der mit tausend Weidenkätzchen
golden leuchtete ins Land.

Mochten doch die Schwestern trachten,
wie sie zu Geschenken kommen!
Dass sie sich drum Sorgen machten,
hat er schadenfroh vernommen.

Und beim ersten Strahl des Lichts
riefen sie: „Lieb Mütterlein,
schenken können wir dir nichts,
doch wir woll'n stets artig sein!"

Hänschen sprach: „Ihr dummen Schwestern,
warum seid ihr so bedrückt?
Seht, ich hab der Mutter gestern
diesen großen Strauß gepflückt!"

Mutter sprach mit ernster Miene:
„Heut hast du dich selbst bestohlen,
von den Kätzchen muss die Biene
doch für dich den Honig holen!"

Als sie dann bei Tische saßen,
sah man Hänschens große Not:
Während alle Honig aßen,
kaute er nur trock'nes Brot!

Der Schmied und das Fohlen

Zum Pferdeschuster sprach ein Fohlen:
„Du sollst mich auch beschlagen!
Ich will die gleichen Eisensohlen
wie meine Mutter tragen!“

„Dein Bein erlahmt bei dem Gewicht,
es trägt noch nicht die Last;
so kleine Eisen gibt es nicht,
wie du sie nötig hast!“

„Ach!“ rief das Fohlen mit Verdruss,
„und was sind das für Eisen?“
Es hob den rechten Vorderfuß,
den Schmied drauf hinzuweisen.

„Ja, allerdings, die werden passen,
dass ich nicht gleich dran dachte!
Für heute will ich sie dir lassen“,
sagte der Schmied und lachte.

Doch zum Gesellen sprach er: „Wir
beschlagen unsern Esel morgen,
bis dahin, Fohlen, will ich dir
des Esels Schuhe borgen!“

Das Fohlen sah zwar im Gesicht
nun wie ein Esel aus
doch passten ihm die Schuhe nicht,
drum lief es schnell nach Haus ...

Der Spatz

Es war grad um die Weihnachtszeit,
die Dörfer lagen tief verschneit –
das Spatzenvolk sah hungrig drein
und ließ sich voller Gram beschnei'n ...
Da – eines Tags kam neues Leben
in alle Vögel, die soeben
noch traurig und verzweifelt saßen;
es ließ sich nämlich auf der Straßen
ein Spatz mit großem Wortschwall nieder
und rief mit plustrigem Gefieder:
„Ich habe das Rezept entdeckt,
wie man den Hunger bannt!
Zwei Körnchen hier hineingesteckt –
so sei's euch auch bekannt."
Und damit hob ein Täschlein er,
das vorläufig noch schlaff und leer.
Wie flogen nun mit letzter Kraft
die Spatzen in die Nachbarschaft,
trotz Schnee und Eis und kalten Winden –
um die zwei Körner aufzufinden!

Es sammelte der kluge Spatz
bald um sich einen Nahrungsschatz,
dess' Anblick jeden Kummer scheuchte
und allen paradiesisch deuchte.

Das Spatzenvolk rief ungeduldig:
„Jetzt bist du uns den Ausgleich schuldig!
Nachdem wir dies herbeigeschleppt,
verrate nun auch dein Rezept!"

„Ich weiß nicht", sprach der Spatz mit List,
„was hier noch zu verraten ist!
Beweist nicht dieses Haufens Größe

des Wunderglaubens Wahn und Blöße?
Und zeigt er nicht zu gleicher Zeit,
wozu ihr selbst noch fähig seid?
Nehmt hin das Korn und hofft und glaubt!"
Die Spatzen, aller Not beraubt,
lobsangen ihrem braven Retter
und lebten froh, trotz Schnee und Wetter.

Der kluge Rabe Roderich
sprach zu der Spatzenschar:
„Ihr freut euch alle sicherlich,
dass er so ehrlich war.
Es mög zu eurem Nutz und Frommen
nicht einmal ein Betrüger kommen,
damit ihr aus euch selbst entdeckt,
was noch an Werten in euch steckt!"

Der Hase und der Hammel

Ein Hammel führte mit Gefährde
zur Winterszeit durch tiefen Schnee,
die schon erschöpfte müde Herde
quer über den vereisten See.
In dessen trocknem Ufergras
ein schadenfroher Hase saß.

Die Schafe folgten nach der Sitte,
dem, der der Schar die Richtung gab,
zunächst bis zu des Eises Mitte
und weiter in ein nasses Grab,
das von der Menge überquoll
und uferwärts zur Woge schwoll.

Es überspülte eine Welle
sogar des Hasen sichern Stand,
der an des Todes kalter Schwelle
nur noch das Wort zur Klage fand:
„Ach, warum müssen die auch leiden,
die Glatteis und Gefahren meiden?!"

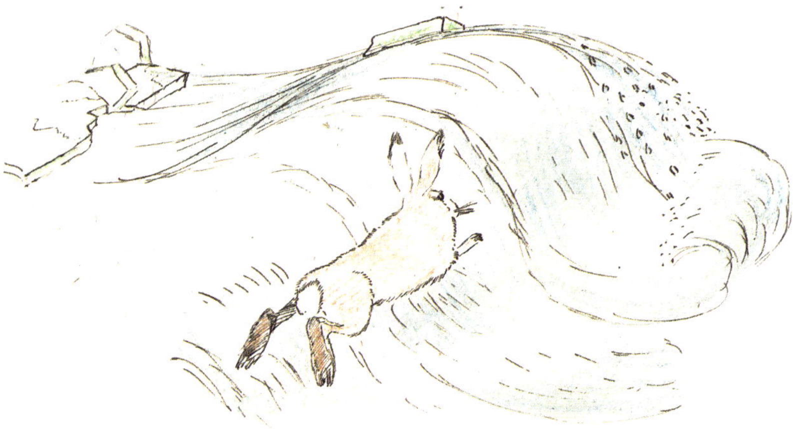

Der kluge Rabe Roderich
sprach: „Gleiche Klagen finden sich
bei denen, die sich nie im Leben
auf's Eis der Politik begeben.
Vertreter dieser edlen Zunft
bau'n nie am Deiche der Vernunft;
sie pflegen auf dem Werk der andern
gedankenlos einherzuwandern
und sind stets maßlos dann entsetzt,
wenn sie die Not der Zeit benetzt!"

Der Löwe und der Zaunkönig

Der Zaunkönig wurde vom Löwen gehöhnt:
„Wer hat dich zum König des Zaunes gekrönt?
Dein unechtes, falsches Königtum
mindert mir Ansehen, Würde und Ruhm!"

Das Vögelchen duckte sich voller Erschrecken
in den stachligen Schutz dichter Dornenhecken,
der Löwe jedoch, mit drohendem Tone,
rief: „Her mit dem Zepter, dem Purpur, der Krone!"

Er schickte sich an, in den Zaun zu dringen,
um den Mitregenten zur Antwort zu zwingen,
doch setzten die Dornen der Absicht Schranken,
sie röteten blutig ihm Mähne und Pranken.

Der Rabe sprach: „Ihr hattet Recht,
des Vogels Purpur war nicht echt –
er färbte unerwartet schnell
mit roter Farbe euch das Fell!

Nachdem ihr dies so schnell erfahren,
könnt ihr das Übrige euch sparen;

die Krone und der Herrscherstab,
die färben wohl genau so ab!“

Der Löwe, froh, so guten Kaufes
von der Blamage abzukommen,
hat, schmerzgepeinigt, raschen Laufes
im nahen Fluss ein Bad genommen.

Der Kürbis und die Eiche

Die Kürbispflanze sprach zur Eiche:
„Wenn ich dir auch an Wuchs nicht gleiche,
so bin ich doch, der Früchte wegen,
dir ganz gewaltig überlegen!“

Die Eiche sprach: „Dass ich nicht lache!
Es kommt stets auf den Kern der Sache
und niemals auf das Drum und Dran
des trügerischen Scheines an!“

Der Rabe hackte mit dem Schnabel
mit Müh’ die Kürbiskerne frei ...
er schwieg fortan, weil jede Fabel
je kürzer, desto besser sei!

Der Hase und das Kaninchen

Es rief vor dem Kaninchenstall
ein alter magrer Hase:
„Das wäre auch so recht mein Fall,
stets Futter vor der Nase!"

Er klagte: „Ach, mich plaget bitter
der Hunger, den ihr gar nicht kennt;
doch wodurch öffnet sich das Gitter,
das mich vom saft'gen Kohlkopf trennt?"

Und das Kaninchen sprach ergeben:
„Warum wollt ihr nach Futter laufen?
Ihr braucht das bisschen Freiheitsstreben
doch nur für's Sattsein zu verkaufen!"

„Die Freiheit nur?!" rief ganz entsetzt
der Hase und entfernte sich –
ihn trennte vom Kaninchen jetzt
das Gitter nicht nur äußerlich.

Der Fliegenpilz und der Käfer

Dem Käfer kam bei einem Regen,
der ihn im Walde überfiel,
ein großer Fliegenpilz entgegen
als nahes Wanderziel.

Der Käfer fragte: „Mit Verlaub,
darf ich hier untertreten?"
Der Fliegenpilz hat, stumm und taub,
ihn nicht darum gebeten.

Der Käfer dachte nun nicht nach,
ob es dem Pilz auch passte –
er lud sich unter's Regendach
beim Schirmpilz selbst zu Gaste.

Doch als der Regen dann zu Ende,
verließ der Käfer rasch den Ort
und setzte eilends und behende
im Sonnenschein die Reise fort.

Der Fliegenpilz rief ganz empört,
denn er war gar nicht stumm:
„Ich habe nichts von Dank gehört,
drum kehre schleunigst um!"

Der Rabe sprach: „Ihr beide leidet
am nämlichen Gebrechen,
auf dass ihr Streit und Zank vermeidet,
müsst ihr in Zukunft lauter sprechen!"

Der Bussard und die Schlange

Es bat aus sicherem Versteck
den Bussard einst die Schlange keck
um die gefang'ne Maus.
Indessen er nur höhnisch lachte,
die Schlange ihm den Vorschlag machte:
„Ich zahl sie zehnfach aus!"

Der Bussard änderte den Sinn;
er warf die Maus der Schlange hin:
„Sie sei dir gern geliehen!"
Man sah ihn bald im Äther blau
hoch über Wald und Feld und Au
zufrieden westwärts ziehen ...

Es hatte eine zweite Schlange
im laubgeschützten Wurzelgange

den ganzen Handel angehört.
„Wer gab dir nur den Einfall ein,
heut derart dummen Sinns zu sein?“
so zischte sie empört.

Die erste Schlange kam ans Licht,
sie fürchtete die Sonne nicht
und sprach gelassen heiter:
„Ich lebe nun geraume Zeit
in Frieden, Ruh und Sicherheit
im Schutz des Bussards weiter!

Wer lässt wohl seinen Schuldner sterben,
um weniger als nichts zu erben?
Mein Leben ist gerettet!“
Die zweite Schlange hat drauf noch,
aus Furcht, sich in das Wurzelloch
viel tiefer eingebettet.

Die Kühe und die Lerche

Im Sonnenglanz der Morgenfrühe
schwang sich die Lerche froh ins Licht,
da brummten zwei verschlaf'ne Kühe:
„Beschatte uns die Sonne nicht!“

Die Lerche ganz verwundert sprach:
„Wie kann die Sonne ich verdunkeln,
da ihre Strahlen tausendfach
im Tau der Wiesengräser funkeln?“

Die Kühe riefen nun vereint:
„Wer hieß vor allen Dingen,

dich auf dem Strahl, der uns bescheint,
den Morgenpsalm zu singen?!"

Die Lerche war zunächst erstaunt,
dann nahm sie's mit Humor,
„Verzeihung!" – sprach sie froh gelaunt,
„es kommt nicht wieder vor!"

Die Lerche dachte sich gewitzt:
Das sind gar leichte Pflichten –
auf das, was einer nicht besitzt,
kann einer leicht verzichten!

Das Schaf und die Ziege

„Muss man überhaupt denn wählen?"
Sprach zur Ziege einst das Schaf;
mancher wird sich nicht verhehlen,
dass ihn gleiche Not betraf.

Und die Ziege sprach: „Mitnichten
kann man dich zum Wahlgang zwingen,
ich will ebenfalls verzichten,
um nicht schuld zu sein an Dingen,
die in Zukunft, arg und schlecht,
zuzuschreiben sind den Wählern –
der Verzicht gibt mir das Recht
zur Kritik an künft'gen Fehlern!"

Das naive Schaf hob an:
„Wenn wir alle nun nicht wählen,
wird's, Gevatt'rin, dir nicht dann
flugs an Stoff zum Meckern fehlen?"

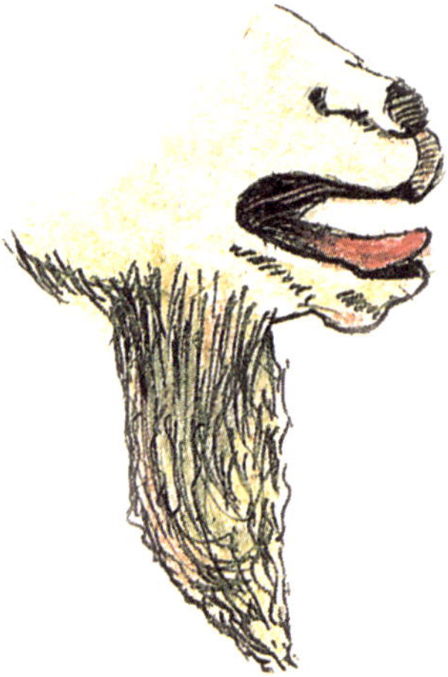

Der Windhund und die Schnecke

Ein Windhund lud die Tiere ein,
mit ihm im Laufe sich zu messen;
von allen Tieren hat allein
die Schnecke diesen Mut besessen.

Sie ließ den Spott und Hohn der Tiere
stumm über sich ergehen
und sprach: „Ob ich den Lauf verliere,
wird man auf halbem Wege sehen.
Dort auf dem Hügel stehen Buchen,
daneben noch zwei hohe Eichen,
wir wollen beide nun versuchen,
sie bis zum Abend zu erreichen!"

Der Windhund lachte schallend auf:
„Das schaffe ich in fünf Sekunden!"
Er war mit sturmesschnellem Lauf
den Blicken schon entschwunden.

Kein Tier blieb hinten bei der Schnecke;
sie kroch den Weg für sich allein –
und holte doch auf halber Strecke
den schnellen Windhund ein!

Denn eine enge Bretterwand
zog quer sich durchs Gelände –
die Tiere warteten gespannt,
ob sich ein Durchschlupf fände.

Der Windhund sprang wohl hundert Mal,
doch kam er nicht hinüber.
Er holte sich voll Schmerzensqual
nur manchen Nasenstüber.

Die Schnecke hatte diesen Zaun
in ihre Rechnung einbezogen;
jedoch des Hundes Selbstvertraun
war wie der Wind verflogen.
Er folgte zwar der Schneckenspur
bis zu den hohen Eichen,
doch konnt er mit den Augen nur
das ferne Ziel erreichen.

Die kluge Schnecke setzte sich
und rief: „Du eitler Hund,
ich wart hier oben schon auf dich
seit einer halben Stund!
Mir will nach diesem Lauf jetzt scheinen,
dass man ein Ziel vielleicht
oft schneller noch als mit vier Beinen
mit klugem Kopf erreicht!“

Das Korn und die Kartoffel

Zu der Kartoffel, stolz und keck,
sprach einst ein Weizenkorn:
„Du lebst in Erde, Schmutz und Dreck,
doch ich bin hochgebor'n!
Ja, was bist sonst denn anders du,
als simples Schweinefutter?"
Da rief ihm die Kartoffel zu:
„Der Nachbar deiner Mutter!"

Zum Beschluss...

Solches hat vor ein paar Tagen
sich zum Schluss noch zugetragen:
Die Tiere flehten einen Mann
inständigst bittend darum an,
sie nicht vor Menschen bloßzustellen,
durch Fabeln, die in allen Fällen
die Dargestellten so berührten,
dass sie der Schande Brandmal spürten!

Der kluge Rabe Roderich
fand dies Bedenken zimperlich;
er sprach: „Schmäht nicht die Feuerspur
der Fabeln, die ich nicht verdamme,
denn sie ‚verbrennt' stets einen nur –
die andern aber ‚wärmt' die Flamme!"

Der Autor

Hans Henry Harders ist ein Pseudonym von Hans Henning Holm, geboren am 20. 11. 1908 in Nindorf, Kreis Rendsburg. Nach dem Studium der Anglistik und Romanistik arbeitete er als Übersetzer, Lektor, Redakteur und Schriftsteller. Bekannt wurde er als Autor zahlreicher Romane und Erzählungen, Hörspiele und Bühnenstücke, vorwiegend in plattdeutscher Sprache. Von 1960 bis 1973 leitete er die Niederdeutsche Abteilung des Norddeutschen Rundfunks in Hamburg. Danach schrieb er für die Sendereihe, die er zuvor als Redakteur betreut hatte, und war in „Hör mal 'n beten to“ zu hören. Hans Henning Holm starb am 25. 3. 1977 in Hamburg.